Gunther Schunk

—

Sendeprotokoll in 17 Silben und 99 Gesängen

Gunther Schunk

Sendeprotokoll in 17 Silben und 99 Gesängen

The Rock'n'Roll-Haiku-Collection 2012

Königshausen & Neumann

Bibliografische Information der Deutschen Nationalbibliothek

Die Deutsche Nationalbibliothek verzeichnet diese Publikation in der Deutschen Nationalbibliografie; detaillierte bibliografische Daten sind im Internet über http://dnb.d-nb.de abrufbar.

Umschlag: skh-softics / coverart
Umschlagabbildungen: man playing electrical guitar © anna_paff;
Cloud, colorful icons, dark background © rubysoho (fotolia.com)
Bindung: Zinn – Die Buchbinder GmbH, Kleinlüder

Printed in Germany
ISBN 978-3-8260-4722-0
www.koenigshausen-neumann.de
www.buchhandel.de
www.buchkatalog.de

Für Stella, die Wortkünstlerin

MOTTI

Blues und Blues gibt Minus.
Doc Sebbo

Sieg, großer Sieg! Ich sehe alles rosenrot.
Letzte Worte von Karl May
30. März 1912

Die Straßen liegen auf dem Rücken,
genießen den Frühling und lächeln.
Charles Bukowski

MOTTI

Wer bist Du,
der auf solchen Sitz hinauf will?
Dante Alighieri

Die Ewigkeit dauert lange,
besonders gegen Ende hin.
Woody Allen

Hallo Loide!
Lothar Matthäus

BEDIENUNGSANLEITUNG

In kleinen Dosen genossen, fängt der Spaß mit diesem Haiku-Bändchen an.
Alle Anmerkungen zu den Haiku finden Sie auf Seite 63.

WAS IST EIN HAIKU?

Das Haiku ist die kürzeste literarisch anerkannte Gedichtform der Welt. Es scheint auch die erfolgreichste zu sein. Es gibt kaum eine Sprache, in der keine Haiku geschrieben werden, kein Land, in dem nicht Haiku gelesen werden. Im Internet ist es die populärste Lyrikform. Jedes Jahr erscheinen Tausende dem Haiku gewidmete Zeitschriften, und es werden unzählige Wettbewerbe ausgeschrieben.

Das Haiku entstammt der japanischen Literatur und hat sich dort seit dem 9. Jahrhundert entwickelt. Der größte japanische Haiku-Dichter Matsuo Bashô gab dem Gedicht im 17. Jahrhundert seine anspruchsvolle inhaltliche Prägung und verhalf ihm zu seiner Blüte.

Das klassische japanische Haiku besteht aus siebzehn Silben, streng im Rhythmus 5 – 7 – 5 Silben in drei aufeinander folgenden Zeilen:

> Hier stehn´ fünf Silben.
> Dann kommen sieben Silben.
> Am Schluss wieder fünf.

HAIKU

In der Beschränkung liegt die Kreativität! Maximale Kürze und Ordnung erlauben zugleich eine hohe Gedankenfreiheit. Das klassisch-japanische Haiku beschreibt meist ein **Naturerlebnis** in einer bestimmten Jahreszeit, wobei diese fast immer durch ein **Jahreszeitenwort** (z. B. kigo jap. „Knospen", die für Frühling stehen) gekennzeichnet ist. Ein gutes Haiku ist ein kleines Gedankenfenster mit einer überraschenden, oft grandiosen Aussicht.

Das dreizeilige Kurzgedicht erfordert eine hohe sprachliche Disziplin und ein Gefühl für Rhythmus. Reime, Worttrennungen über das Zeilenende hin, Fremdwörter und Wortwiederholungen sollten (besser) nicht verwendet werden, es sei denn als sprachlicher Effekt. Der Autor sollte sich selber ganz zurücknehmen, seine Darlegung sollte nur dem Geschehen gelten. Nur so erreicht das Gedicht Transzendenz und Offenheit, die es auch dem Leser (und Hörer) erlauben, das Erlebnis nachzuvollziehen und mit eigenem Empfinden zu füllen.

UND WIE GEHT HAIKU?

Als Beispiel nun zwei Meta-Haiku. also Haiku über das Haiku:

Das ist der Moment!
Jetzt gedanklich aussteigen!
Stressexpress Haiku.

Allgegenwärtig
ist sie, die Natur der Welt.
Kern jedes Haiku.

Oder anders formuliert: Die Kunst der Dichtung ist die Kunst der Verdichtung! Wieviel Gedanken wohnen in einem Wort?

HAIKU ROCK'N'ROLL! WAS IST HIER ANDERS?

Die Haiku-Sammlung „Sendeprotokoll“ spielt mit Form und Inhalt, mit Parodie und Travestie. Diese Haiku halten sich nicht an die klassischen Regeln des Inhalts; doch die Silbenzahl und der Kniff der letzten Zeile sind immer konsequent umgesetzt. Es ist zugegebenermaßen eine europäische, ja eine zutiefst deutsche Interpretation dieser Gedichtgattung: kleine Szenen, Zitate, Erlebnisse aus dem jungen 21. Jahrhundert. Es ist ein Spiel mit der deutschen Sprache, aber auch mit den Klischees und Zeitgeistmotiven unserer Welt – und damit die bewusste Abkehr von klassisch-japanischen Haiku-Traditionen. Doch eines bleibt dieser Gedichtform universal: die strenge Form, äußerlich wie inhaltlich. Darin liegt auch der kontemplative Reiz in unserer hektischen Zeit: Das Haiku ist eine kurze, stille Flucht in die Unveränderlichkeit der Dinge.

DIE BOTSCHAFT AN DANTE

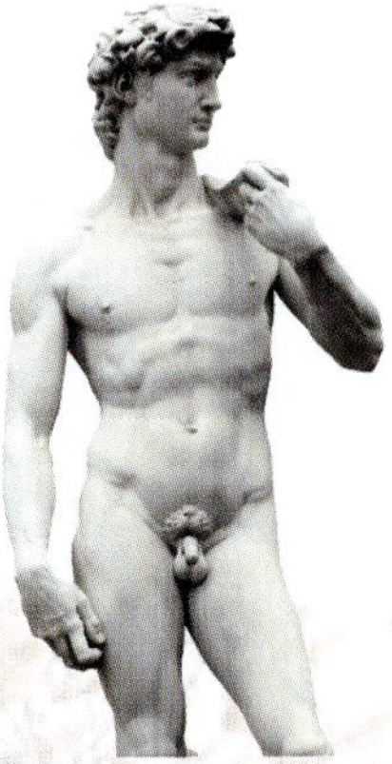

Oh, Kunst des Gesangs!
Ach, göttliche Komödie!
Dich mach ich jetzt nach.

Die Divina Commedia („Göttliche Komödie“) ist das Hauptwerk des italienischen Dichters Dante Alighieri (1265-1321). Sie entstand während der Jahre seines Exils und wurde wahrscheinlich um 1307 begonnen und erst kurze Zeit vor seinem Tod vollendet. Sie gilt als bedeutendste Dichtung der italienischen Literatur und als eines der größten Werke der Weltliteratur. Die Drei (Trinität) spielt formal in der Göttlichen Komödie eine große Rolle. Ihre strenge Form unterliegt – wie der Haiku – ebenfalls einer Dreiteilung. Einem Prolog folgen drei mal dreiunddreißig Gesänge. Der erste Gesang „inferno/Hölle“, der zweite Gesang „purgatorio/Läuterungsberg“ und der dritte Gesang „paradiso/Paradies“.

Die vorliegende Haiku-Sammlung hat dieses Formprinzip aufgenommen. Sie erhält dadurch ihre eigene Dramatik und Inszenierung.

Fünfunddreißig Grad!
Stahlbläue über Würzburg.
Die Innenstadt klebt.

KNEIPEN-HAIKU

Samstags *Zauberberg,*[1]
nur bauchfreie Fragmente.
Ü-30-Party.

Coole *Escobar*.[2]
Siémpre Comandante.
Lifestyle kubanisch.

Chambinzky-Abend[3]
Valentin-Becker-Straße
Wohnzimmer mit Stil.

KNEIPEN-HAIKU

Höchstes Schoppenglück,
fand man zur Abendstund' im
Johanniterbäck![4]

Letzter Hieb, Zapfhahn,[5]
Weißbierhengste am Tresen,
Schweigen und Saufen.

Das *Backöfele*:[6]
Fränkische Hausmacherei.
Touristenhighlight!

Das *Maulaffenbäck*:[7]
Tradition meets Frankentum.
Klischeeklassiker!

Das letzte Bierchen.
Die letzte Zigarette.
Wieder ein Abend.

BARGESPRÄCH

Bailey´s und Jameson,
King of an Irish Whiskey!
„Die sind doch verrückt."

STADTZYKLUS

Freitagabende.
Erwartungsvoll pulsierend
das Herz der Kleinstadt

Residenzgarten,
schönstes Weltkulturerbe.
Touristenmagnet.[8a]

Altar der Liebe,
Fenster zum Mittelalter:
das Lusamgärtlein.[8b]

Die sieben Brücken?
Da wird Peter Maffays Song
tragische Wahrheit.[9]

STADTZYKLUS

Hoch-und-Tiefbauamt
endloser Versorgungsschacht
Licht am Tunnelend´!

Ach Otsu, Partner-
stadt im fernen, doch auch so
verbundnen Japan.[10]

Kühles Umeå,
du nördlichste Partnerstadt.
Alter Nord-Schwede!

Alles roger in
Rochester! Würzburgs Schwester
in der neuen Welt.

STADT

Siebold, Du Großer!
Du trugst den Namen Würzburgs
in ein fernes Land.[11]

Großer Dirkules
Mav´s Em Wie Pie der Liga,
German Wunderkind.[12]

Dreizehunnert Jåhr,
Wördsburch, du Berle am Mee,
Hauptstadt Weinfrankens.[13]

BOCKSBEUTEL-HAIKU

Silvaner, Kerner
oder Müller – in Euch ruht
das Bocksbeutelglück!

Flaschen und Leute,
schlanker Hals und dicker Bauch.
Form der Harmonie.

Freiheit für Frångn!
Asterix un Obelix,
sauft Mädschigg-Schobbe![14]

BOCKS

Rot, weiß und rosé,
Herbstgefühle – so schmecken
die Farben des Weins.

Still, herb und duldsam.
Charakter des Frankenweins
und der Meefrångn

BEUTEL

HDL
HAB DICH LIEB

Handy-Emotion,
Dein SMS-Geflüster,
nur Abkürzungen.

hdgdl,
wo du? ich kino! komm doch.
Liebesgestammel.

Zwei mal 4, ein mal
3 und drei mal 5 – das ist
die Zahlenmystik. [15]

Lyrik der Liebe
in 160 Zeichen.
Sendeprotokoll.

DAS TIER

Gemeine Hai-Kuh,
Dein Euter voll Poesie.
Leckre Dichtermilch.

Tukan und Wombat,
Okapi und Schnabeltier:
Schöner Silbenzoo.

Das Chamäleon,
äußerst wechselhaftes Tier,
innerst gleicher Kern.

TIER

Der faule Fluss liegt
immer in seinem Bettchen.
Ständig, Nacht und Tag!

WAITING FOR THE BUS

Warten auf den Bus.
Der Zug ist abgefahren!
Na und, dann Taxi!

Volle Dröhnung Rock.
Nach der letzten Zugabe:
schaler Biergeschmack.[16]

Du Nasenflöte!
Oh, geheiligt werde Dein
popeliger Ton.

HEAVY METAL

Stahlnietenanzug,
Kettensägenmassaker,
Blutwurst und Presssack.

Zwischen Bauchnabel
und Schritt, ekstatisch zuckend
die Luftgitarre.

Mein Plektron aus Stahl,
der Marshall-Amp, Volume auf!
Scheiß auf den Soft-Rock!

HEAVY

Gewitterbotin
im Regentropfenrhythmus:
„Love me like thunder!“

Für Ozzy Osbourne
The fucking prince of darkness
Judas Priest ist tot.

Oh AC/DC,
oh Iron Maiden und KISS,
oh fuck off Ernst Mosch!

Lemmy Kilminster,
Ted Nugent und Gene Simmons:
rockdinosaurs

METAL

ROCK'N'ROLL

Der perfekte Sound,
kollektive Vibrations,
Proberaumträume.

Phätter Backing-Beat,
wummernder Bass-Groove wie'd sau!
Rückgrat der Rockshow.

Schreien und kreischen,
röcheln, weinen und stöhnen.
Du geile Blues-Harp.

Gebt den Saiten Stoff,
lasst die Fender Strat jaulen,
Ihr Rock´n´Roll-Helden!

Gitarrenrhythmus,
Schweiß, Rauch, Sound, Bier und Mädels.
Schönste Lebensform!

DAS CELLO 1

„Sie spielte Cello."
Lindenberg huldigte ihr.
Näselnder Nuschler.

CELLO

DAS CELLO 2

Sie spielte Cello.
Mit schönen, schlanken Fingern.
Ein Stück von Scorpions.

DER KONTRABASS

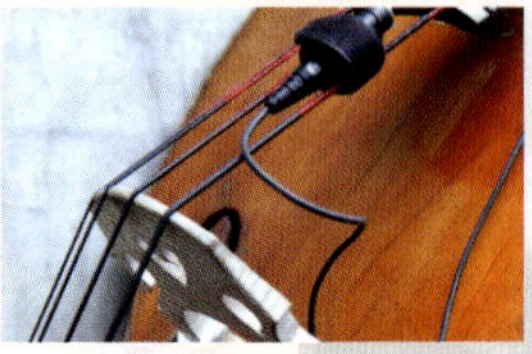

Vier Saiten auf Holz.
Ein Korpus wie eine Frau.
Die Bauchdecke bebt.

DER E-BASS

Mick Jaggers Formel:
Never make a Saint of me!
Die Rock-Ikone.

FRAUEN

Du Automädchen!
Ersehntes Ziel am Ende
des Highways of Life.

Ach! Wüste Gabi,
Du luderhaft Verbrämte,
Oase der Lust.

FRAUEN

Rehbraune Augen,
blondes Haar, fliehendes Kinn.
Herzallerliebste!

Ach, Du Goldengel,
lächle süß in Tagträumen,
bevor die Nacht kommt!

FRAUEN

FRAUEN

Lodernde Flamme,
Du Feuer der Leidenschaft,
liebestrunken. – Aus!

Zwei weiße Hügel,
leckre Täler und Kurven.
Landschaftsmalerei.

Ungebremste Wucht
saftiger Leibesübung
bis zum Wadenkrampf.

FRAUEN

Auf Stöckelschuhen,
wippender Minirocksaum:
Kopfsteinpflasterglück.

Schnittenparade!
Sweet music is in the air.
Frühling comes alive.[17]

Süße Prinzessin.
Ich bleib auf ewig immer
Nur Dein Froschkönig!

NATUR

Du Wüstenblume,
Schönste aller Oasen.
Regenwettertod!

Oh, Sonnenblume,
Schönstes Wunderblumenland!
Frühlingserwachen?

NATUR

Morgenröte Du!
Klare und reine Schönheit.
Besudel mich mal.

NATUR

die badewanne
ort warmer liebesspiele
und kalter dusche.

BIKINIFIGUR

Eine Linie,
vom Kinn über Schmerbauch bis
zum Venushügel.

Vier Strandgrazien,
in allen Schattierungen,
weiß bis schweinrosa.

BIKINI

REISEN I

Globetrotterziel:
Bamberg, Ochsenfurt, Schweinfurt,
Würzburg-Heuchelhof.

Reiseversichert:
Köln-Nippes, Zürich-Klöthen,
Hamburg-Mannheimer.

Sag Ja zu Japan.
Say No to San Marino.
Mai-Land und Thai-Land?

Mailänder Mode:
Schuhe, Röcke, Strümpfe, Hut.
Arroganz aus Stoff.

REISEN I

Cafe e grappa,
vino rosso e bianco –
Italogefühl.

Cozze e pizze,
penne, polvo e scampi –
Lyrik der Küche.

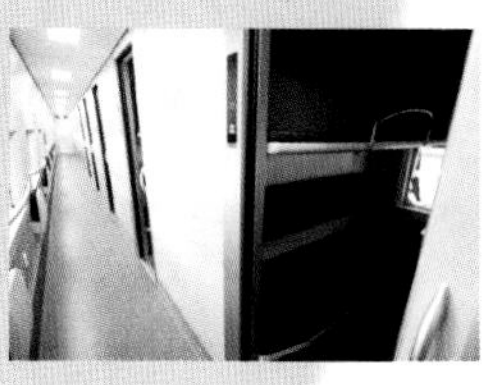

Via amore –
Italienbegeisterung
in Cinque Terre!

SEX

Süßer Erdbeermund!
Wer möchte den nicht küssen?
Danach bin ich wild.

Die Nippel rubbeln,
dann deine Dutteln knuddeln.
Warme Massage!

SEX

Lupa romana,
schönste römische Wölfin.
Liebesspielerin.

Du Schneeprinzessin!
Dein weiches, warmes Lächeln
lässt mich zerschmelzen.

SAISONAL

Frühlingsgefühle,
Lebensweisheit: Lügen hab-
-ben kurze Röcke.

Die Blumen sprießen,
die Vögel zwitschern endlich.
Endlich mal vögeln!

Die Sonnenstrahlen
im März lecken die Kälte
der Innenstadt auf.

SAISON

Kälteumspültes
Wetter. So ein hässliches
Sommertheater.

Sehnsucht nach Sonne.
Sonderbare Sonnensucht.
Heute Scheißwetter!

Düstere Stimmung,
graue Wolken als Leinwand.
Ein Herbstgemälde.

SAISON

REISEN II

Andalusien:
Flamenco, Stiere, Sherry.
Heiße Lebensart.

Steingrau, heiß durchglüht,
blumenbehängter Patio.
Stolzes Cordoba.

Promi-Protz-Hafen,
Touris umschwänzeln die Yacht.
Was ist peinlicher? [18]

Knapper Bikini,
bräunlich und ölig der Leib.
Tod der Ästhetik.

In Pole Position.
Bester Liegestuhl am Pool.
Ziel meines Handtuchs.

Meeresrauschen, Pool
und Animateursgeschrei.
RTL all inklusive!

REISEN II

In strandheißer Glut,
Dösen mit Meeresrauschen.
Halbstündig wenden!

Strandauf und strandab,
Muschelnsuchen stundenlang.
Urlaubsglück aus Kalk.

Feiner Sand, Schlamm und
Sonnencreme Faktor fünfzig:
zäh wie ein Strandtag.

REISEN

Schon mal 'nen Spanier
Englisch antworten gehört?
Zunge Babylons!

Casa de baño,
por hombres e mujeres.
Lavabos espanhol.[19]

Zahnlos und faltig,
schwarzgewandet, altersgrau,
weises Mütterchen.

Geblähte Nüstern,
mächtige Hörner stieren
aus dem kleinen Mann.

BONUS

Guter Bonustrack.
Geheimnis des Marketings.
Schlussüberraschung.

BONUS

WORTSPIELEREIEN

Arbeitnehmerren-
tenversicherungspflichtig.
Was ein langes Wort!

Buchstabennudel-
suppenweisheit:Wer A sagt,
der hat auch -ppetit.

Die Lebensläufte,
wechselhaft launig, letztlich
tödlich zielführend.

H & M, Parterre
modischer Lifestyle, gültig
für eine Saison.

Dieses Herz aus Stein,
unverbrüchliche Liebe.
Gefühl als Geröll.

WORT

Ein Ort der Bücher,
der Denken und Gedanken.
Autorenlesung.[20]

Gedanken verfolgt
bis nichts von uns übrig bleibt.
Rückwärtsgewandtheit.

tiehtdnawegsträwkcüR.
sib sthcin nov snu girbü tbielb.
neknadeG tglofrev.

bortaS blr jablu´
DI´reH QaQqu´ny! ylje´
bortaS megh ´oHtaH.[21]

Mein Haiku-Gedicht:
Siebzehn Silben wörtliches
Gedankenspielchen!

SPIEL

BONUS-HAIKU

100%
KOSTENLOS

Ein Haiku-Triptychon

1. The Look
Kastanienbraun!
Die schwarzen Lederstiefel
möchte ich küssen.

2. The Sex
Da wo es baumelt,
Dein silbriges Geschmeide,
möchte ich hängen.

3. The Fun
Der Hedonismus,
das ist kein Kostverächter!
Meine Leibspeise.

Wenn Katholiken
demonstrieren, sind das dann
schon Protestanten?

Schwierige Frage:
Darf die rechte Hand des Chefs
ein Linkshänder sein?

Am Ende ist Schluss.
Wenn Aus ist ist es vorbei.
Am Schluss ist Ende!

ANMERKUNGEN

1. Würzburger Szenedisco
2. Würzburger Szenebar
3. Würzburger Szenelokal mit Theater
4. Ein Haiku für Rudolf und Gabi Kneuker, die bis zum Jahre 2005 die Wirtsleute in der Würzburger Weinstube Johanniterbäck waren.
5. Ehemalige Würzburger Stadtteilkneipe am Galgenberg
6. Würzburger Premium-Restaurant in Franconian Style
7. Berühmte Würzburger Weinstube
8. A) Die Würzburger Residenz ist seit 1981 offiziell UNESCO-Weltkulturerbe.
   B) Im Lusamgärtchen hinter der Würzburger Neumünsterkirche ruht „mit an hundertprozentiger Sicherheit grenzender Wahrscheinlichkeit" (so der Würzburger Mediävist Horst Brunner) Walther von der Vogelweide. Gestorben ca. 1230 n. Chr.
9. In Würzburg sind immer wieder Brücken für den Verkehr gesperrt und nur für Fußgänger geöffnet (siehe das Schicksal der früheren Siligmüllerbrücke). Es gibt insgesamt sieben Brücken über den Main: Brücke der deutschen Einheit, Friedensbrücke, Alte Mainbrücke, Ludwigsbrücke, Sebastian-Kneipp-Steg, Konrad-Adenauerbrücke, Autobahnbrücke. Daher die Anspielung auf Peter Maffays Song „Über sieben Brücken musst Du gehen", den er 1981 von der DDR-Gruppe Karat coverte.
   Dieses Haiku ist dem Würzburger Baureferenten Prof. Christian Baumgart gewidmet.
10. Seit 1979 ist das japanische Otsu Partnerstadt Würzburgs. Beziehungen zu Japan gibt es allerdings schon seit dem ersten großen deutschen Japanforscher, Sinologen und Naturkundler, dem Würz burger Philipp Franz von Siebold (geb. 1796, gest. 1866).
    Seit 1992 ist das nordschwedische Umeå Partnerstadt Würzburgs.
    Seit 1964 ist das nordamerikanische Rochester im Bundesstaat New York Partnerstadt Würzburgs.
11. Philipp Franz von Siebold, erster großer Japanforscher, Arzt und Mitbegründer der wissenschaftlichen Sinologie. In Japan bekannter als in Würzburg.
12. Dirk Nowitzki, Sohn der Stadt Würzburg und erfolgreichster deutscher Basketballer in den USA, gewann mit den Dallas Mavericks im Juni 2011 am Saison-Ende erstmals den Titel der amerikanischen NBA. Gleichzeit wurde er in der gesamten NBA-Liga zum MVP, dem „Most Valuable Player" der Play Offs, gewählt.
13. Im Jahre 2004 feierte Würzburg sein 1300-jähriges Stadtjubiläum. Berle ist dialektal für „Perle".
14. Als Mädschigg-Schoppe wird in den vier meefränggischen Übersetzungen der Asterix-Mundartreihe der Zaubertrank bezeichnet. Erschienen 2003 bis 2011.
15. Zur Erklärung: Wenn man zum Schreiben einer SMS zweimal auf die Taste mit der Ziffer 4 drückt, erscheint der Buchstabe „h", wenn man dann einmal auf die 3 tippt, erscheint das „d", und schließlich erscheint das „l". Macht „hdl" für Hab Dich lieb.
16. Für ZZ Top, die den Song „Waiting for the bus" schrieben.
17. Für Peter Frampton und sein 1976er Album „Frampton comes alive".
18. Schon ´mal im Yachthafen von Marbella oder Portofino gewesen?
19. Das ist ein stummes „e". Es sind wirklich fünf Silben!
20. Das ist ein Gruß an die Stadtbibliothek.
21. Übersetzung aus dem Klingonischen, einer 1984 erfundene Kunstsprache der Klingonen aus der Science-Fiction-Serie Star Trek:
    Rache ist eine Speise, die man
    am besten kalt serviert.
    Rache ist eine Mahlzeit. Also töte ihn!

AUTORENINFO

Gunther Schunk ist gelernter Sprachwissenschaftler und beschäftigt sich gerne mit allem, was mit Buchstaben (v.a. Dialekt) und Musik (v.a. Blues) zu tun hat. Er lebt seit 25 Jahren in seiner Wunschwahlheimat Würzburg, der er als Mitübersetzer der vier Asterix-Bände „uff Meefränggisch" ein sprachliches Denkmal setzen konnte (*Dour de Frångn*, *Di Fråche der Ehre*, *Då boxe di Beudel*, *Asterix un di Wengert-Scheer*). Bei Königshausen und Neumann veröffentlichte er u.a. *Das kleine Mainfränkisch-Quiz: Meefränggisch für Debben & Subber-Exberden*, das *Wörterbuch von Mittelfranken* sowie *Von Adler bis Zauberberg. Eine kleine Geschichte der Gasthausnamen in Mainfranken.* Er ist Mitglied im Autorenkreis Würzburg und Vorsitzender der Gesellschaft für deutsche Sprache Zweig Würzburg

und - natürlich - ein Dankes-*Haiku*

Vielen Dank an meine Berater und Korrekturleser Dr. Karin Bayha, Johannes Engels und Hans-Dieter Wolf.

Dankeschön an Euch!
Karin, Johannes und Hans,
ihr seid die Besten!

ABBILDUNGSNACHWEISE

Fotos auf den Seiten 19, 21, 23, 37, 47, 53, 58, 59, 64
Gunther Schunk

S. 6 ff: Japanese characters on wood © Tony Schönherr, S. 12: Bratwurst © victoria p.; Mt. Fuji with Japanese Plum Blossoms © toraya, S. 13: Florence - Davis de Michel-Ange © Brad Pict, S. 14: Bright vector sun with lens flare © wenani , S. 15 ff.: Cold beer in tall glasses © redav, S. 18: Whiskey red © Big City Lights, S. 19 ff (Hintergrund): statue mit blick auf die festung marienberg in würzburg © Svenni, S. 24: girl © Aaron Amat, S. 26: Okapi © Krzysztof Wiktor, S. 28: Moonlight over a lake © Jaroslaw Grudzinski, S. 29: Bushaltestelle © Banauke, S. 30 f.: metal sawing © yellowj, S. 32 f.: gitarre musik © jehafo, S. 36: contrebasse, musique, jazz, instrument à corde, concert © Jacques PALUT, S. 38 ff.: attractive woman walking holding single rose motion blur © SVLuma, S. 42: Nürnberger Land © Sulabaja, S. 44: Shower © Pictures4you, S. 45: Perfect Body © Subbotina Anna, S. 48: train interior © xy, S. 50: sex neon sign © Akhilesh Sharma, S. 54 ff.: drapeau espagnol tauromachie © mimon, S. 60: suppenkasper 3 © YariK, S. 62: Stempel rot rel 100% KOSTENLOS © Daniel Ernst.
Alle Bilder fotolia.com.